AF247287

RÉPONSE

DE M. AUGER,

DIRECTEUR DE L'ACADÉMIE FRANÇAISE,

AU DISCOURS

DE M. L'ARCHEVÊQUE DE PARIS,

PRONONCÉ DANS LA SÉANCE DU 25 NOVEMBRE 1824.

Monsieur,

Le sacerdoce et la magistrature, l'administration et les armes, ces nobles professions qui dirigent, maintiennent ou défendent les états, ont, de tout temps, contribué à l'utilité et à l'éclat de l'Académie Française. Mais (nos fastes en font foi) c'est parmi les hommes consacrés au ministère des autels, que cette compagnie a le plus souvent cherché de quoi réparer ses pertes, l'aider dans ses travaux, et soutenir son illustration. En effet, quelle classe de la société pouvait offrir autant de lumières et de talents, que ce corps antique et révéré, qui précéda l'établissement de tous les royaumes chré-

a

tiens, et fonda leur civilisation ; qui, ayant sauvé du vaste naufrage de l'empire romain les débris des connaissances humaines, accrut seul, pendant plusieurs siècles, le dépôt conservé par ses soins ; ce corps, où l'étude des lettres profanes n'est qu'un degré pour s'élever à celle des lettres sacrées, et où il faut, en quelque sorte, passer par toutes les sciences pour arriver à la science de Dieu ; ce corps, enfin, dont la constitution sagement populaire règle, principalement d'après le mérite, la distinction des rangs et la distribution des emplois, jusque-là qu'on a vu souvent ses plus éclatantes dignités revêtir des hommes de la plus obscure naissance? Sans parler des Bossuet, des Fénélon, des Fléchier, des Fleury, des Massillon, esprits d'un ordre supérieur, qui eussent brillé d'une vive lumière dans quelque carrière qu'ils se fussent ouverte, et dont la gloire appartient à la société tout entière, combien de prélats et d'ecclésiastiques de tous les rangs, dont la renommée répand un éclat plus tempéré, ont apporté en tribut à cette compagnie les pieux trésors de leur doctrine, les graces nobles ou sévères de leur langage!

Le personnage illustre auquel vous succédez parmi nous, Monsieur, nous appartenait à tous les titres. Au savoir du docteur, de l'évêque, il unissait les talents de l'écrivain : aussi l'absence de son nom eût-elle été doublement remarquable dans une liste où sont inscrits les noms de Bossuet et de Fénélon, ces deux gloires de l'église gallicane, dont

la vie fut à la fois la règle de sa conduite et la
matière de ses travaux. Les infirmités douloureuses
qui enchaînaient ses pas, ne nous ont po nt permis de le posséder parmi nous, et de profiter de
ses lumières; mais nous étions tous fiers de ses
ouvrages; mais plusieurs de nous avaient le bonheur de l'approcher, et ils nous rendaient témoignage de cette conversation remplie de savoir et
de grâce, de goût et de politesse, qui faisait un
besoin de l'entendre à ceux qui en avaient une
fois goûté les exquises douceurs.

Chez M. de Bausset, les plus précieux dons de
la nature avaient été cultivés par la plus heureuse
éducation, développés par les plus favorables cir-
constances. Cette célèbre congrégation de Saint-
Sulpice, qu'on appelait un *séminaire d'évêques*,
et où Fénélon avait été formé aux vertus et aux
talents du sacerdoce, fut l'école où le futur historien de ce grand homme apprit à marcher sur ses
traces. Lorsqu'il décrit avec tant de complaisance
les obligations que Fénélon eut à cette docte et
pieuse maison, on sent qu'il acquitte avec délices
la dette de sa propre reconnaissance.

Une autre école où les objets d'instruction
étaient, sinon plus élevés, du moins plus étendus,
plus variés, plus positifs, attendait la jeunesse pré-
coce de M. de Bausset.

Parmi ces provinces qui, réunies à la France
par des contrats de mariage ou des testaments,
des traités ou des conquêtes, avaient conservé

a.

de leur antique indépendance le droit de régler
elle-mêmes l'assiette de leurs impôts et l'emploi de
leurs revenus, et qui n'offraient à la couronne
qu'à titre de don gratuit les subsides qu'elle exi-
geait comme une dette des autres parties du
royaume, parmi ces contrées privilégiées, la Provence tenait un des premiers rangs. Fière de ses
immunités, disposée par le souvenir du gouverne-
ment économique de son bon roi René à supporter
impatiemment les charges d'une administration plus
dispendieuse, l'homme placé à la tête de ses états
avait à remplir la plus pénible, la plus épineuse
de toutes les tâches, celle de concilier ce qu'il fallait accorder aux libertés ombrageuses de la province, et ce qu'il était difficile de refuser aux
demandes impérieuses du pouvoir. Un des plus
spirituels et des plus habiles prélats de l'église de
France, qui, comme M. de Bausset, fut un des
quarante de l'Académie Française, et, comme lui
encore, mourut décoré de la pourpre romaine,
M. de Boisgelin, était alors archevêque d'Aix; et
cette qualité lui conférait de droit celle de président
des états de Provence. Il appela auprès de lui l'abbé
de Bausset, à peine âgé de vingt-quatre ans, pour
l'aider dans les soins de l'épiscopat, et sans doute
aussi pour le seconder dans les travaux de l'administration provinciale. M. de Boisgelin tenait pour
maxime « qu'on peut tout obtenir des hommes par
« la raison, la douceur, la confiance, et que la
« maladresse seule peut sentir le besoin des mou-

« vemens irréguliers de la force (1). » Guidé par les leçons, surtout par les exemples d'un maître si sage et si éclairé, le jeune abbé de Bausset acquit cette connaissance des hommes et des choses, cet art de traiter avec les passions, les intérêts et les amours-propres, qui allaient lui devenir personnellement nécessaires.

Chargé, pendant quelque temps, de la conduite d'un diocèse (2) que le titulaire ne pouvait plus diriger, il fut ensuite élevé au siége d'Alais. C'était moins un épiscopat qu'un apostolat, et presque une mission. Son diocèse n'était autre que ces fameuses Cevennes, qui furent si long-temps un théâtre de fureurs religieuses, et où le protestantisme semblait s'être réfugié comme dans une dernière forteresse. L'âpreté du climat et la sauvage inégalité du sol, en rendant plus difficile le rapprochement des personnes, contribuait à la désunion des esprits. Là M. de Bausset eut à déployer les vertus de l'évêque et les talents de l'administrateur; là, il eut à dompter la nature et les hommes. Il parvint à établir des communications faciles entre des lieux séparés par des montagnes inaccessibles; il fit bien plus, il réussit à rappro-

---

(1) Propres paroles de M. de Boisgelin, citées par M. de Bausset dans sa Notice sur ce prélat, et par M. Dureau de Lamalle, son successeur à l'Académie Française.

(2) Le diocèse de Digne.

cher des cœurs que divisait le plus insurmontable des obstacles, les préventions mutuelles, enfantées par la diversité des croyances religieuses.

Siégeant aux états de Languedoc, en vertu de son titre épiscopal, il exerça promptement sur cette assemblée l'ascendant naturel de la raison sans sécheresse, du savoir sans pédanterie, et de la facilité sans faiblesse. Dès la seconde année, il fut chargé de porter au pied du trône les cahiers de la province. C'était la première fois qu'il paraissait à la cour. Un triomphe l'y attendait; et ce qui le lui procura, ce fut la plus vaine, la plus futile des choses humaines, un compliment; mais ce compliment s'adressait à Madame Élisabeth : il était donc sincère; et quelque chose du charme attaché aux vertus de l'angélique princesse avait passé dans les paroles qui en retraçaient l'image. Madame Élisabeth rougit, fut interdite. L'orateur, en soulevant, quoique avec délicatesse, le voile dont aimait à s'envelopper sa modestie, avait porté dans cette âme si pure le seul trouble qui pût s'y élever jamais (1).

Déja grondait dans le lointain l'orage affreux qui devait renverser, entraîner le trône et l'autel, et toutes les institutions, ouvrage de quatorze siècles. M. Bausset fit partie de cette assemblée de notables qui, avec de si bonnes intentions, fit si peu

---

(1) Voir à la fin du discours.

de bien, et de cette autre assemblée plus fameuse qui, avec de si grands talents, fit tant de mal, qui en fit plus qu'elle n'en voulait faire et qu'elle n'en pouvait prévoir. Parmi ces hommes acharnés à tout détruire, que secondaient de leur mieux quelques hommes obstinés à tout conserver, que pouvait la voix d'un sage, ennemi des innovations gratuites et violentes, mais partisan des réformes utiles et douces? M. de Bausset garda le silence, et bientôt après il se retira.

Cependant une révolution, entreprise pour renverser un despotisme qui n'existait pas, n'avait abouti qu'à fonder une tyrannie très-réelle. M. de Bausset fut enfermé; il était noble, il était prêtre, il était vertueux et sage, il avait de grands talents : il ne lui manquait qu'une grande fortune, pour réunir en sa personne tous les crimes qu'on punissait alors. Il fallait que tout pérît en France, ou que de tels excès prissent fin. Des jours moins désastreux se levèrent sur notre malheureuse patrie. M. Bausset, échappé à la mort comme par miracle, et rendu à la liberté, prit le parti de fuir une ville frappée de la foudre, dont les ruines semblaient recéler encore des menaces de destruction, et il alla se confiner dans une solitude champêtre.

Heureuse résolution ! utile et glorieuse retraite, puisque c'est à elle que nous devons l'*Histoire de Fénélon !* Fénélon ! son nom seul réveillait dans toutes les ames les plus touchants souvenirs, les plus tendres sentiments ; mais cette disposition même du public, cet intérêt trop vif, trop profond pour n'être pas exigeant, pouvait être plus nuisible que favorable à l'ouvrage; il pouvait être pour l'auteur un fardeau plutôt qu'un appui. La qualité de l'écrivain ne permettait pas de douter qu'il ne possédât toutes les lumières théologiques que demandait le sujet; mais elle faisait craindre en même temps qu'il n'eût prodigué ce genre de savoir audelà de ce qu'en voudraient supporter des lecteurs indifférents ou dédaigneux; et, il le faut avouer, l'étendue considérable de l'ouvrage n'était pas propre à diminuer cette espèce d'appréhension. L'*Histoire de Fénélon* parut, et toutes les préventions dissipées firent place à l'approbation universelle. On s'étonna de lire ce qu'on savait depuis longtemps, avec le même sentiment de curiosité que si on l'eût ignoré toujours; de comprendre facilement des questions qu'on avait jugées presque inexplicables, et de prendre, pour ainsi dire, parti, après plus de cent vingt ans, dans des débats qu'on avait crus peu dignes d'occuper le siècle même où ils avaient éclaté. On fut charmé surtout de retrouver ce Fénélon qu'on aimait tant, de le retrouver tout entier dans une image dont les couleurs semblaient quelquefois lui avoir été empruntées à lui-même.

Quel charme dans le récit de l'enfance et de la jeunesse de Fénélon! On voit cette imagination vive et tendre s'emparer, se pénétrer à la fois des riants mensonges inspirés par la Muse antique, et

les vérités sublimes dictées par l'Esprit-saint. On
la voit, enflammée d'un zèle religieux, s'élancer
vers les solitudes sauvages du Nouveau-Monde,
pour y porter le flambeau de la foi; ensuite, dans
une ardeur, moitié sacrée, moitié profane, voler
vers le Levant, visiter l'église de Corinthe et l'Aréo-
page, l'île de Pathmos et le Pirée, les lieux qui
doivent lui redire les paroles de l'Apôtre, et ceux
qui doivent lui répéter les entretiens de Socrate;
et, devançant d'un siècle et demi les vœux de l'Europe indignée, s'écrier : « Quand est-ce que le sang
« des Turcs se mêlera avec celui des Perses sur les
« plaines de Marathon, pour laisser la Grèce en-
« tière à la religion, à la philosophie et aux beaux-
« arts qui la regardent comme leur patrie (1)? » On
la voit, enfin, trahie dans ses vœux, dans ses espé-
rances, par une santé faible et délicate, ne renoncer
à mériter la palme du martyre sur des bords éloi-
gnés qu'à condition qu'il lui sera toujours permis
de conquérir des âmes, en ramenant au sein de
l'Église les Français qui s'en sont écartés. Ces ai-
mables illusions, ces généreux projets, ces nobles
enthousiasmes du jeune âge n'ont rien perdu de
leur charme ni de leur éclat dans ce tableau tracé
par une main que déja les ans auraient dû rendre
moins souple et moins légère.

---

(1) Cette phrase est extraite d'une lettre de Fénélon, datée
de Sarlat, du 9 octobre, sans indication d'année, et que M. de
Bausset croit avoir été adressée à Bossuet.

Mais bientôt l'auteur s'élève à de plus hauts objets, et son talent suit son essor. Louis XIV confie
à Fénélon l'éducation d'un enfant né pour le trône.
Cet enfant est rempli de passions terribles, toutes
prêtes à devenir des vices; et les dons mêmes de
son esprit ajoutent à l'effroi que déja il inspire.
Fénélon, mêlant la douceur à la fermeté; se ré-
glant suivant l'occasion et non d'après un système;
opposant alternativement l'esprit au caractère et
le caractère à l'esprit, pour en triompher tour-à-
tour; tempérant les passions excessives, retran-
chant les passions nuisibles, mais se gardant bien
d'altérer celles qui sont nobles ou utiles, parvient à
amollir, à refondre, à changer cette nature réfrac-
taire, et, selon le témoignage et les paroles mêmes
du duc de St.-Simon, à *remplacer tant et de si re-
doutables défauts par autant de vertus absolument
contraires.* En décrivant, en expliquant avec une
clarté, une élégance, une grâce particulière de dic-
tion, tous les procédés, tous les artifices ingé-
nieux mis en usage pour produire ce chef-d'œuvre,
disons mieux, pour opérer ce miracle des éduca-
tions royales, M. Bausset s'associe, en quelque
sorte, à la gloire de celui qui les a créés; il se
montre capable d'exécuter les mêmes choses qu'il
raconte si habilement; il semble, enfin, justifier le
choix que voulut faire de lui le vertueux Louis XVI,
pour instruire aux devoirs de la royauté ce mal-
heureux enfant qui n'eut pour précepteur qu'un

geôlier féroce, et qui ne régna que dans les fers (1).

Bientôt s'ouvre une scène d'un caractère différent; et l'historien varie sa manière au gré de ce nouveau sujet. Les jours de paix, de confiance, de bonheur sont passés. Fénélon, porté à la mysticité par l'ardeur de sa piété, la tendresse de son ame et la vivacité de son imagination, écoute, accueille les rêveries d'une femme exaltée. Bossuet, défendu de ces pieuses illusions par la fermeté de son caractère, la vigueur de son esprit et l'exactitude de son savoir théologique; Bossuet, épée et bouclier de l'Église, à qui vingt triomphes obtenus pour elle faisaient un devoir de la défendre sans cesse, s'inquiète au premier bruit de ces nouveautés séduisantes. Il en prend connaissance et les désapprouve. Fénélon, en disciple soumis, souscrit à cette censure. Mais bientôt Bossuet, devenu plus sévère, passe de la condamnation de la doctrine à celle de la personne; et ici Fénélon refuse de le suivre. Il donne des explications qu'on trouve insuffisantes; on lui demande des déclarations qu'il juge impossibles. L'un est blessé de ce qu'on met en doute ses intentions; l'autre est offensé de ce qu'on résiste à ses volontés. La guerre est devenue inévitable..... Deux hommes s'avancent au combat; c'est Bossuet et Fénélon. L'Église

---

(1) Je tiens de M. le chevalier de Bausset, que Louis XVI eut l'intention de nommer M. l'évêque d'Alais précepteur du Dauphin.

contristée, la France, l'Europe même, attentive et divisée, semblent entourer en silence la lice où ces deux nobles adversaires vont déployer, l'un, toute la vigueur d'un génie exercé à ce genre de lutte où il n'a jamais succombé; l'autre, toute l'adresse d'un esprit souple et fertile en ressources, qui n'est jamais plus à craindre qu'au moment même où on le croit abattu. Historien de ce duel mémorable, quand plus d'un siècle nous en sépare, quand la cause, mal comprise par les uns, et totalement ignorée des autres, n'excite l'intérêt d'aucun, M. de Bausset rend tout présent, fait tout revivre, le sujet, l'époque, la société, et jusqu'aux passions dont elle était agitée. Les deux antagonistes sont devant nos yeux; nous sommes leurs spectateurs et leurs arbitres; nous jugeons les coups qu'ils se portent; les vicissitudes de la fortune nous font palpiter de crainte ou d'espérance; chacun de nous connaît l'issue du combat, et nous l'attendons tous avec anxiété, comme si l'avenir nous la dérobait encore. Cette issue fut la victoire de Bossuet et la défaite de Fénélon. Fénélon, courbant sa tête avec une docilité touchante, sous la main de l'Église mère et maîtresse qui ne le frappait qu'en gémissant, trouva plus de gloire dans son humiliation, que Bossuet dans son triomphe.

Pourquoi le tairais-je? Des esprits durs et prévenus ont blâmé M. de Bausset d'avoir partagé sur ce point l'opinion du siècle et de la postérité; ils lui ont reproché d'avoir augmenté, aux dépens du

vainqueur, l'intérêt qu'il inspire pour le vaincu;
non par cette prédilection naturelle d'un historien
pour le héros de son choix, mais par cette partia-
lité moins innocente qui sacrifie la vérité aux intérêts d'une secte. M. de Bausset ne fit qu'une réponse.
Elle était digne de lui. Il écrivit *l'Histoire de Bossuet.*

Nul, avant lui, n'avait d'une main si sûre et si habile, sondé toute la profondeur de ce génie prodi-
gieux, et mesuré toute sa hauteur. Ce n'est plus seu-
lement l'orateur et l'historien sublime qu'il montre
à nos regards tant de fois éblouis de leur éclat.
C'est l'athlète vigilant et infatigable de la foi, qui,
du jour où il reçut le bonnet de docteur avec un
sentiment si profond des devoirs attachés à ce titre, au jour où il expira plein d'années et de gloire,
c'est-à-dire dans le cours entier d'un demi-siècle,
soutint ou livra plus de combats qu'on n'en pour-
rait nombrer; trouvant, dans son vaste savoir, et
dans son génie plus vaste encore, toutes les armes
pour tous les besoins, toutes les ressources pour
toutes les occasions; ne composant jamais; n'ac-
cordant à ses ennemis ni capitulation, ni trève,
et les réduisant au silence, quand il ne les forçait
pas à l'aveu de leur défaite. C'est l'arbitre des intérêts de la religion et de la politique, qui osa
concevoir le projet de fermer la grande plaie de
l'Église et des états chrétiens, en faisant rentrer
au sein de la communion catholique toutes les
sectes qui s'en sont séparées; projet dans lequel il
fut secondé par Léibnitz et appuyé par Louis XIV,

mais qui ne put réussir, parce qu'il y a quelque chose au monde de plus fort que le pouvoir, et de plus habile que le génie : l'intérêt et l'intrigue. C'est le prêtre vraiment citoyen, vraiment français, qui, sachant distinguer les choses du ciel des choses de la terre, et la soumission religieuse de l'obéissance civile, décidait le collége entier de nos évêques à signer cette fameuse déclaration, fondement indestructible des libertés de l'Église gallicane. C'est enfin l'homme d'un caractère presque égal à son génie, rempli de droiture, de loyauté, de candeur même, simple et doux comme un enfant dans le commerce ordinaire de la vie, passionné pour la vérité seule, et trop supérieur à l'indigne soupçon d'être mû par des intérêts humains dans la défense des intérêts spirituels, pour descendre aux ménagements faciles qui eussent pu l'en garantir.

L'historien de Bossuet était, si j'ose parler ainsi, attendu au périlleux défilé du Quiétisme. La curiosité des indifférents et l'espoir des ennemis furent également trompés. Pour sortir de ce pas qui semblait difficile, M. de Bausset mit dans la bonne foi toute son habileté, tout son artifice. Il abrégea, mais il n'altéra pas ce même récit qu'on avait si amèrement critiqué. Rien ne fut retranché de ce qui avait montré Fénélon sous des traits propres à lui gagner les cœurs : rien ne fut atténué de ce qui avait présenté Bossuet sous un aspect au moins sévère ; et toutefois, tandis que l'un ne perdait rien de ce tendre intérêt qu'on ne peut refuser aux erreurs et au repentir de la vertu, l'autre semblait acquérir de nouveaux droits à ce respect que commande l'ardeur, la véhémence, l'inflexibilité même du véritable zèle.

L'art qui avait concilié tant d'intérêts qu'on pouvait croire opposés, la gloire de Bossuet et celle de Fénélon, la susceptibilité passionnée des partisans de l'un et de l'autre, enfin le penchant et le devoir de l'historien lui-même, cet art obtint le plus honorable des suffrages et la plus douce des récompenses : il fut admiré par le monarque qui cause en ce moment le deuil de la France, par ce prince doué d'un si grand savoir qu'il employait si bien, qui exprimait les pensées d'un roi avec tout l'art d'un écrivain, qu'à la place même où je parle on a tant et si justement loué de son amour pour les lettres, et dont la mémoire aura ce rare privilége, qu'il ne sera jamais rien retranché dans cette enceinte des louanges qu'on y adressait au souverain pendant sa vie. Louis XVIII, dans une lettre à M. de Bausset, qu'il avait tracée de son auguste main, et que j'ai tenue dans les miennes, s'exprimait en ces propres termes :

« Écrire l'histoire de deux grands hommes con-
« temporains, également célèbres dans le même
« genre, unis d'abord, puis divisés avec éclat; et,
« sans jamais se contredire, les faire tous deux
« chérir et respecter au même degré, était un effort
« que Plutarque lui-même n'osa pas tenter. Vous

« l'avez cependant entrepris ; et, si le nom de l'au-
« teur, la magie du style, l'art de rendre histori-
« ques, ainsi que Bossuet lui-même l'a fait dans ses
« *Variations*, les choses qui semblent les plus étran-
« gères au domaine de l'histoire, si tout cela, Mon-
« sieur, ne me fait point illusion, je crois pouvoir
« affirmer que jamais on ne dira de vous : *magnis*
« *tamen excidit ausis.* »

Je n'ai pas craint, Monsieur, de payer après vous
le tribut de mon admiration aux deux beaux ouvrages qui fondent la gloire littéraire de M. le car-
dinal de Bausset : c'était un sujet d'éloges et de
réflexions trop abondant, pour être épuisé dans
un seul discours. Mais c'est à vous seul qu'il
appartenait ici de peindre le prélat qui, par ses
vertus et par ses lumières, honora constamment
l'épiscopat dans son palais et dans sa prison, dans
les conférences religieuses et dans les délibérations
politiques, dans le monde et dans la solitude ; le
conciliateur éclairé des droits du trône et de l'autel, qui aida si puissamment votre vertueux pré-
décesseur à reconstruire ce corps épiscopal de
France, le plus illustre de la chrétienté, que la
révolution n'avait pas pu trop se presser d'abattre,
et que plus tard, un pouvoir, ennemi de tous les
autres, n'avait relevé qu'à moitié, et pour en faire
un docile instrument de ses desseins.

Votre élévation au premier siége du royaume,
qui est une heureuse suite de cette heureuse res-
tauration, semblait, Monsieur, vous porter natu-

ellement à la place que laissait vacante, parmi
ous, un prince de l'Église. Ce que de hautes con-
enances nous avaient conseillé, votre mérite per-
onnel nous l'a rendu facile et agréable. Nous avons
u les dignités du prélat : nous avons surtout con-
idéré les titres de l'orateur sacré.

Une fonction de votre ministère, d'où l'éloquence
rançaise a tiré sa principale gloire, est de déplorer,
u haut de la chaire évangélique, ces trépas écla-
ants, quelquefois si soudains, qui, frappant une
ête auguste, remplissent tout un palais de deuil,
out un empire de consternation. Alors, dans ce
ercueil fastueusement orné de tous les insignes
le la naissance ou du pouvoir, l'orateur chrétien
ous fait voir tout le néant de l'homme, sa vie si
ourte, ses dignités si fragiles, ses biens si péris-
ables, ses félicités si passagères ; et, tout à coup
létournant sa vue du tombeau pour la porter vers
l'autel, nous y montre celui à qui seul appartient
la grandeur, la puissance et la durée. Ce n'est pas
en présence d'une tombe à peine fermée sur des
précieux restes, c'est devant le vain simulacre d'une
sépulture indignement refusée à celui qui fut le
maître d'un des premiers trônes du monde, qu'a-
près plus de vingt années, vous avez rendu un
hommage funèbre à la mémoire du roi juste, dont
la mort fut le crime de quelques-uns et le malheur
de tous. Son auguste fille vous entendait : elle vous
avait jugé digne de votre sujet, et vos paroles furent trouvées dignes de ses douleurs. Que pour-

rait-on ajouter à cet éloge? Plus tard, lorsque le
fer d'un exécrable assassin eut tranché les jours
de cet excellent prince que la France n'a connu
tout entier qu'au moment où elle le perdait, inter-
prète encore une fois de la douleur universelle,
vous avez, à l'énormité du forfait, opposé la subli-
mité du pardon; et, de cette mort sanglante qui
ne nous révélait tant de vertus que pour nous en
priver, votre voix religieuse a fait sortir des ensei-
gnements plus élevés que tous ceux de la politique.
Plus récemment encore, lorsque Dieu eut retiré à
lui le pieux prélat qui vous avait adopté, et dont
le siége est devenu votre héritage, vous avez fait
entendre, dans l'expression de vos regrets, l'ac-
cent de la tendresse filiale, et celui de la résigna-
tion chrétienne. Enfin, Monsieur, qu'il me soit
permis de vous le dire, tout ce qui est sorti de
votre plume, de votre bouche, est d'abord sorti
de votre ame : toutes vos paroles ont un caractère
touchant de douceur, de modestie et d'onction.
Les soins nombreux, et la nature même d'un ministère établi pour la dispensation des biens céles-
tes, vous empêchent de prendre part à ces débats
animés où se règlent les intérêts temporels de la
société : si quelquefois vous y mêlez votre voix
pacifique, c'est pour obéir à un mouvement de
sollicitude pastorale; c'est pour plaider la cause du
troupeau qui vous est confié. Votre politique,
Monsieur, est celle d'un vénérable ministre du
Seigneur : c'est la politique de la modération, de
la justice, et surtout de la charité.

NOTE.

Le compliment à Madame Élisabeth n'a encore été imprimé que dans un recueil peu répandu. On a pensé que le lecteur le trouverait ici avec plaisir.

« Si la Vertu descendait sur la terre, si elle se montrait jalouse d'assurer son empire sur tous les cœurs, elle emprunterait les traits qui pourraient lui concilier le respect et l'amour des mortels; son nom annoncerait l'éclat de son origine et de ses augustes destinées; elle se placerait sur les degrés du trône; elle porterait sur son front l'innocence et la candeur de son âme; la douce et tendre sensibilité serait peinte dans ses regards; les grâces touchantes de son jeune âge prêteraient un nouveau charme à ses actions et à ses discours; ses jours, purs et sereins comme son cœur, s'écouleraient au sein du calme et de la paix, qu'elle seule peut promettre et donner; indifférente aux honneurs et aux plaisirs qui environnent les enfants des rois, elle en connaîtrait la vanité; elle n'y placerait point son bonheur; elle en trouverait un plus réel dans les charmes de l'amitié; elle épurerait au feu sacré de la religion ce que tant de qualités précieuses auraient pu conserver de profane; sa seule ambition serait de rendre son crédit utile au malheur et à l'indigence; sa seule inquiétude, de ne pouvoir dérober le secret de sa vie à l'admiration publique; et, dans ce moment même, où sa modestie ne lui permet pas de fixer ses regards sur sa propre image, elle ajoute, sans le vouloir, un nouveau trait de conformité entre le tableau et le modèle. »

IMPRIMERIE DE FIRMIN DIDOT,
RUE JACOB, N° 24.